AF326235

FAIENCES & PORCELAINES

Bijoux et Objets de vitrine

Pendules

BRONZES D'AMEUBLEMENT

MEUBLES ET ÉTOFFES

EXPOSITION PUBLIQUE

LE MARDI 19 MAI 1891

De 1 heure 1/2 à 5 heures 1/2

Mᵉ Paul CHEVALLIER

COMMISSAIRE-PRISEUR

10, rue de la Grange-Batelière, 10

M. Charles MANNHEIM

EXPERT

7, rue Saint-Georges, 7

HONO
IMPRIMERIE DEL ART

CATALOGUE

DES

FAIENCES

DE

Rouen, Moustiers, Marseille, Strasbourg, Delft, Castelli, etc.

PORCELAINES

Bijoux — Miniatures — Éventails — Boîtes

Orfèvrerie — Objets de vitrine

Vases antiques en terre peinte — Objets variés — Vitraux

Sculptures

PENDULES & BRONZES D'AMEUBLEMENT

Meubles et Étoffes

DONT LA VENTE AURA LIEU

HOTEL DROUOT, SALLE N° 8

Le Mercredi 20 Mai 1891

à deux heures

Mᵉ Paul CHEVALLIER	**M. Charles MANNHEIM**
COMMISSAIRE-PRISEUR	EXPERT
10, rue de la Grange-Batelière, 10	7, rue Saint-Georges, 7

EXPOSITION PUBLIQUE

Le Mardi 19 Mai 1891, de 1 heure 1/2 à 5 heures 1/2

CONDITIONS DE LA VENTE

Elle sera faite *expressément* au comptant.

Les Acquéreurs payeront CINQ POUR CENT en sus des adjudications, applicables aux frais de la vente.

L'Exposition mettant les acquéreurs à même de se rendre compte de l'état et de la nature des objets, il ne sera admis aucune réclamation une fois l'adjudication prononcée.

Paris. — Imp. de l'Art. E. Ménard et Cie, 41, rue de la Victoire.

DÉSIGNATION DES OBJETS

FAIENCES

1 — ROUEN. Seau cylindrique à oreilles, à décor bleu et rouille : lambrequins, guirlandes et écusson armorié timbré d'une couronne de comte et supporté par deux lions. Marque de *Guillibaud* (?). — Haut., 16 cent.; diam., 20 cent.

2 — ROUEN. Buire couverte à anse et cuvette de forme contournée, décorées en camaïeu bleu rehaussé de bistre : guirlandes, quadrillés et corbeille de fleurs. La buire est signée : *Gardin ;* la cuvette est marquée : *M. S.*

3 — ROUEN. Assiette à décor polychrome : au centre, corbeille de fleurs : marli quadrillé interrompu par quatre réserves contenant une écrevisse.

4 — ROUEN. Assiette à décor polychrome : au centre, corbeille de fleurs ; marli quadrillé semé de fleurs et interrompu par quatre réserves de branches fleuries.

5 — ROUEN. Assiette à bords festonnés et décor polychrome en plein de buissons fleuris, canards et insectes.

6 — ROUEN. Assiette : décor polychrome, à la Pagode, avec marli orné, sur fond bleu, de six réserves de fleurettes. Au revers, la marque *S. G. Guillibaud* (?).

7 — ROUEN. Deux assiettes à décor polychrome : au centre, panier de fleurs ; marli émaillé bleu, orné d'une course de fleurs et de fruits en couleurs.

8 — ROUEN. Deux assiettes à bords festonnés et décor polychrome en plein de bandes fleuries, oiseaux et insectes.

9 — ROUEN. Petit plat à bords festonnés et décor polychrome, à la corne tronquée et baie fleurie.

10 — ROUEN. Deux petits plats à bords festonnées et décor polychrome, à la Corne d'abondance, avec oiseaux et insectes.

11 — ROUEN. Légumier oblong couvert : décor polychrome, à la Double Corne d'abondance, avec fleurs, oiseaux et insectes.

12 — ROUEN. Plat long, à bords contournés, à décor polychrome, à la Double Corne d'abondance, avec oiseaux et insectes, pouvant accompagner le légumier précédent.

13 — ROUEN. Deux plats à bords festonnés et décor polychrome en plein : Chinois, fleurs et insectes.

14 — ROUEN. Deux plats à bords festonnés et décor polychrome en plein : branches fleuries et oiseaux.

15 — ROUEN. Assiette à bords festonnés et à décor polychrome : au centre, deux oiseaux sur un trophée d'arc, de carquois et de branches fleuries ; au marli, lambrequin quadrillé rehaussé de fleurettes. Au revers, on lit : *Dieul.*

16 — ROUEN ou SINCENY. Assiette à bords festonnés et décor

polychrome : Combat de coqs, au fond ; guirlande fleurie au marli.

17 — ROUEN OU LILLE. Assiette à bords festonnés et décor en camaïeu bleu : au centre, corbeille de fleurs ; au marli, compartiments quadrillés reliés par des guirlandes.

18 — MOUSTIERS. Plateau oblong de forme contournée, décoré en camaïeu bleu : au centre, les armes des Marle de Versigny, au milieu de cariatides, sphinx, draperies et quadrillés à la Bérain,

19 — MOUSTIERS. Plat long à bords contournés et décor polychrome : au fond, médaillon d'enfants jouant ; au marli, guirlandes de fleurs.

20 — MARSEILLE. Deux jardinières-appliques de forme contournée, à décor de fleurs polychromes et encadrements rocaille dorés sur fond vert pâle. Marque : V. P., veuve Perrin. — Haut., 25 cent.; larg., 27 cent.

21 — LORRAINE. Assiette à bords festonnés et décor polychrome : bouquet de fleurs au fond et rinceaux rocaille au marli.

22 — STRASBOURG. Assiette à bords festonnés et à décor polychrome : au centre, personnage chinois debout ; jetés de fleurs au marli. Au revers, la marque d'*Hanong*.

23 — STRASBOURG. Assiette à bords festonnés et à décor polychrome. Au fond, Chinois cueillant des plantes ; au marli, jetés de fleurettes. Au revers, la marque d'*Hanong*.

24 — STRASBOURG. Deux assiettes à bords festonnés et à

décor polychrome ; marli orné de papillons ; au fond,
Chinois, l'un fumant, l'autre sautant à la corde.

25 — STRASBOURG. Assiette à bords festonnés et décor polychrome : bouquets de fleurs.

26 — STRASBOURG. Petit plat creux à bords festonnés et
décor polychrome : au fond, branches fleuries; au marli,
fleurettes encadrées de rubans verts.

27 — DELFT. Plat creux : au fond, en camaïeu bleu, le Bap-
tême du Christ; à la chute et au marli, lambrequin à
fleurs et réserves de vues de parcs sur fond rouille.

28 — DELFT. Petit plat à décor en plein de sujet familier
chinois; composition de deux figures en bleu, rouge et or.
Au revers, la marque de *Pynacker*.

29 — DELFT. Plaque polychrome de forme contournée ; décor de personnages chinois et de fleurs.

30 — FABRIQUE ITALIENNE (?). XVIIIe siècle. Assiette à bords
festonnés et décor polychrome avec dorure : perruche
sur une branche, avec pagode au second plan ; bordure
fleuronnée.

31 — CASTELLI. Deux vases à décor polychrome, rehaussé
de dorure : sur l'un, l'Enlèvement d'Europe ; sur l'autre,
le Frappement du rocher.

32 — URBINO. Vase de pharmacie de forme cylindrique lé-
gèrement renflée, à décor de grotesques et monogramme
du Christ.

PORCELAINES

33 — Jardinière circulaire en ancienne porcelaine de Chine, famille verte : dragon et poisson. Monture en bronze de style Louis XIV.

34 — Potiche ovoïde couverte en ancienne porcelaine du Japon, à décor bleu, rouge et or rehaussé de vert : fleurs. Monture rocaille en bronze.

35 — Deux cornets en ancienne porcelaine du Japon, à décor bleu, rouge et or : branches, fleurs. Monture rocaille en bronze.

36 — Petit vase, modèle balustre, en ancienne porcelaine craquelée gris de la Chine. Monture de style rocaille en bronze doré. — Haut., 15 cent.

37 — Deux pièces : tasse couverte avec soucoupe en porcelaine de Saxe, à fleurettes en relief, et pot couvert à une anse en porcelaine dure, décoré de fleurs.

38 — Figurine en porcelaine moderne de Saxe : Jeune Femme à l'oiseau.

39 — Douze assiettes en porcelaine de l'Inde, décorées de fleurs et d'ornements polychromes.

40 — Huit pièces en porcelaine dure, à décor dit bleu Barbot : deux compotiers, une théière, une cafetière, deux tasses et deux soucoupes.

41 — Encrier formé d'un petit vase en porcelaine tendre, fond bleu turquoise à figurines d'amours, et monté en bronze doré.

BIJOUX ET OBJETS DE VITRINE

42 — Petite montre, de forme sphérique, en or gravé et émaillé, à trophées, étoiles et oiseaux. Travail génevois de la fin du xviiie siècle.

43 — Deux boucles de souliers pavées de cailloux du Rhin.

44 — Montre en or émaillé en plein du temps de Louis XV; sur la cuvette, scène d'intérieur.

45 — Petite cassolette en or gravé et partiellement émaillé; sur une face, trois personnages vus à mi-corps.

46 — Deux pièces : petite croix en argent ornée d'un émail présentant un ange, cœur en argent orné d'un émail et de turquoises. xviiie siècle.

47 — Deux pièces : boucle ornée de stras montée en broche, et épingle de châle en cuivre.

48 — Trois pièces : petit médaillon en argent surmonté d'une couronne avec pierres de couleurs, petite croix ornée de pierres de couleurs et bijou pendentif pavé de cailloux du Rhin et formé d'emblèmes maçonniques.

49 — Petit médaillon ovale émaillé sur or : Sacrifice à l'Amour. Fin du xviiie siècle.

50 — Petite croix en cristal de roche avec perles; le Christ, les extrémités des traverses et le coulant sont émaillés.

51 — Montre en or à répétition; le cadran ajouré laisse voir le mouvement et un petit sujet formé de personnages frappant sur des cloches quand la montre sonne.

52 — Parure composée d'un pendant de cou et de deux pendants d'oreilles : miniatures représentant des jeux d'amours, entourées d'un rang de petites perles et montées en or. Style Louis XVI.

53 — Épingle de cravate ornée d'un masque de satyre tirant la langue, en or émaillé, décoré au naturel, dans le style de la Renaissance. — Hauteur du masque, 27 millim.

54 — Chaîne de gilet en or, à torsades.

55 — Bracelet formé d'un double rang de perles de corail, avec fermoir et monture en or.

56 — Deux colliers formés de boules de corail.

57 — Trois pièces : deux boucles d'oreilles et un peigne, formés de boules de corail.

58 — Cinq pièces : collier et deux croix en lapis des Alpes, et deux bracelets formés de boules en filigrane d'argent.

59 — Face à main en or ciselé et gravé.

60 — Huit pièces en or : trois petites boucles, deux pendants d'oreilles, une bague avec camée, petit médaillon orné de grenats et coulant en or avec émail : Jeune Suissesse.

61 — Treize pièces diverses en argent : agrafes, boutons de manchettes et autres, bracelet à boutons émaillés, etc.

62 — Deux boutons de manchettes en or, portant la lettre L en roses et formant médaillons ouvrant à secret.

63 — Demi-parure composée d'une broche et de deux boucles d'oreilles, de style Renaissance, en or ciselé et émaillé, à mascarons têtes de femmes et ornements.

64 — Deux châtelaines en cuivre doré; l'une d'elles garnie
d'un cachet tournant en or.

65 — Boîte oblongue en écaille à paysages et personnages
en relief. Travail chinois.

66 — Très petit émail ovale du temps de Louis XVI, représentant deux enfants vus à mi-corps. — Haut., 20 millim.;
larg., 18 millim.

67 — Matières diverses. Un scarabée, six intailles et deux
petites pierres unies.

68 — Éventail Louis XV, à monture de nacre en partie dorée
et argentée : feuille en étoffe ornée de médaillons peints
à sujets galants et mythologiques; rehauts de fils et de
paillettes métalliques.

69-70 — Sept éventails dont six à monture d'ivoire : feuilles
en vélin, étoffe et ivoire. XVIIIe et XIXe siècles.

71 — Tabatière ronde Louis XV, en écaille gaufrée à l'imita-
tion de la vannerie ; monture en argent.

72 — Tabatière rectangulaire en émail de Saxe : les Batailles
d'Alexandre, d'après Lebrun ; à l'intérieur : Portrait de
femme.

73 — Boîte ronde en émail, à décor de guirlandes et bouquet
de fleurs.

74 — Boîte plate oblongue en or partiellement émaillé, à
décor de personnages, paysages, lyres et pilastres. Elle
contient une boîte à musique et une montre. Travail
genevois du commencement du XIXe siècle.

75 — Flacon cylindrique en cuivre émaillé, à sujets pastoraux.

76 — Flacon en cristal taillé à pans ; monture en argent gravé et doré.

77 — Éventail en bois laqué noir et or : personnages japonais.

78 — Étui plat en ivoire sculpté, à personnages et habitations ; dans un écrin en étoffe. Travail japonais.

79 — Deux pièces : porte-calice en cuivre repoussé et ajouré, orné de médaillons émaillés contenant de saints personnages, et fragment de corail sur pied en cuivre.

80 — Petit vase couvert et à anses, en argent gravé et partiellement doré, orné de pierres de couleurs.

81 — Petit vase à pans avec couvercle, en argent gravé et partiellement doré, orné de cailloux du Rhin.

82 — Boîte ronde en ivoire sculpté et ajouré : tête de Cérès en haut-relief sur le couvercle.

83 — Médaillon rond en argent, présentant en haut-relief et ronde bosse des chevreuils dans une forêt. Signé : *Kirstein*. Cadre en bois noir.

84 — Nécessaire Louis XVI de forme plate en ivoire, orné de deux miniatures avec ustensiles.

85 — Tabatière plate ovale en écaille piquée d'argent : rinceaux. xviiie siècle.

86 — Deux tabatières plates en écaille incrustée de nacre : quadrillés et rinceaux, et Jugement de Pâris. xviie siècle.

87 — Tabatière oblongue en écaille incrustée d'argent : scène mythologique ; pourtour en argent.

88 — Quatre pièces : étui cylindrique en écaille posée d'or à étoiles et pois ; petit nécessaire en galuchat avec ustensiles ; étui en galuchat monté en argent, et gaine également en galuchat.

89 — Tabatière ovale en cuivre, ornée de petites peintures : scènes bibliques et religieuses.

90 — Miniature ovale : Portrait de Louis XVIII. Cadre en bois noir.

91 — Miniature ovale Louis XVI : Portrait de jeune femme, les cheveux poudrés, corsage vert. Cadre en bois noir.

92 — Miniature ovale sur ivoire Louis XIV : Portrait de lady Grace Gethin, vêtue d'un corsage rouge, cheveux poudrés ornés d'une aigrette. Vente Hamilton. Cercle d'argent doré.

93 — Miniature ovale sur ivoire Louis XVI : Portrait de la comtesse d'Aumont, vêtue d'un corsage bleu et portant la coiffure haute du temps. Cercle d'argent doré.

94 — Miniature ronde sur ivoire Louis XVI : Portrait de jeune femme, les cheveux poudrés, coiffée d'un chapeau gris. Cercle d'or.

95 — Miniature carrée en cuivre émaillé : la Vierge et l'Enfant, d'après Raphael. Cadre en bois noir.

96 — Boîte plate oblongue en écaille, ornée d'une miniature : Paysage, signée Delage.

97 — Boîte plate en ivoire gravé : personnages et motifs divers.

98 — Petite trousse de dentiste, en acier et ivoire, dans une boîte en bois.

99 — Étui contenant un couteau et une fourchette à manches, orné de motifs en argent.

ORFÈVRERIE

100 — Deux assiettes en argent gravé et en partie doré : sur l'une, intérieur de cabaret ; sur l'autre, scène de torture. Travail hollandais du xviie siècle.

101 — Carnet dans une reliure en argent gravé, présentant un calendrier et ornée de rinceaux et oiseaux. Travail allemand. xviie siècle. Écrin en cuir doré.

102 — Petite salière à bords contournés, en argent repoussé et gravé, à décor d'oiseaux. Travail allemand, xviiie siècle.

103 — Petite plaque de forme contournée en argent repoussé : cartouche contenant des inscriptions et surmonté d'une couronne. Travail allemand, 1737.

104 — Deux pièces : petite coupe en argent repoussé : Orphée charmant les animaux ; et petit flacon à odeurs en argent doré à motifs rocaille.

105 — Quatre pièces en argent et argent doré : deux petits cadres et deux fragments d'escarcelles.

106 — Couvert composé d'une cuillère, une fourchette et un couteau à manches d'argent doré ; le cuilleron de la cuillère est également en argent doré. Ancien travail allemand.

107 — Six petites cuillères de style Renaissance, en argent doré.

108 — Quatre réchauds en argent de style Empire, à pieds formés de cariatides égyptiennes. Les manches sont en bois noir.

109 — Ménagère en plaqué décorée de palmettes découpées et garnie de cinq flacons en cristal.

110 — Deux pièces : briquet circulaire en argent et bonbonnière en argent émaillé bleu turquoise.

VASES ANTIQUES EN TERRE PEINTE

111 — Amphore à deux anses. Peinture noire sur fond rouge, dans un cartouche carré se détachant sur fond noir. Nola. Quatre guerriers combattant. Au revers, trois personnages debout devant un autel gardé par un éphèbe debout.

112 — Amphore de même forme que celle qui précède et offrant des sujets analogues.

113 — Autre amphore de Nola, analogue à celles qui précèdent. Celle-ci est garnie de son couvercle.

114 — Vase en terre de la Basilicate, à dessins rouges sur fond noir. Sur la face principale, trois personnages debout. Au revers, nymphe dansant entre un silène et un faune.

115 — Cratère à deux anses. Peinture noire sur fond rouge. Nola. Adolescent debout combattant un lion. Cinq per-

sonnages assistent à cette scène. Au revers, scène héroïque : personnage monté dans un quadrige et combattant des guerriers.

116 — Vase à deux anses. Peinture rouge sur fond noir. Basilicate. Femme assise tenant une boîte.

117 — Vase à deux anses à panse sphérique. Ornements et frise d'animaux courant.

118 — Vase à deux anses et panse ovoïde, palmettes et ornements noirs sur fond rouge clair.

119 — Deux buires antiques en terre noire et grise.

OBJETS VARIÉS

120 — Verrière contenant un vitrail polychrome représentant un personnage distribuant de la nourriture aux pauvres ; au bas, des maximes pieuses en allemand. Suisse. XVIᵉ siècle. — Haut., 30 cent.; larg., 19 cent.

121 — Deux vitraux rectangulaires polychromes présentant chacun deux personnages avec écusson armorié entre eux et scène rustique ou biblique à la partie inférieure : inscriptions et dates 1562 et 1589. Suisse. XVIᵉ siècle.

122 — Deux autres d'une décoration analogue avec scène pastorale et scène d'atelier, datés 1588 et 1612. Suisse. XVIᵉ et XVIIᵉ siècles.

123 — Deux autres offrant, l'un, le sujet du songe de Jacob ; l'autre, celui du Jugement dernier avec armoiries,

légendes allemandes et dates 1625 et 1640. Suisse. xvii° siècle.

124 — Boîte à mouches en bois ajouré, à rosaces. Ancien travail du Jura.

125 — Plaquette en bronze du xvi° siècle : scène de sacrifice.

126 — Divers petits fragments de manuscrits sur vélin : initiales, rinceaux en couleurs et dorure.

127 — Aquarelle : Mendiants.

128 — Petit cartel en cuivre émaillé : figures allégoriques et mythologiques.

129 — Petit panneau rectangulaire en ancienne marqueterie de nacre gravée et d'écaille : figures allégoriques et rinceaux. Cadre en écaille, bois noir et argent.

130 — Plateau contenant quatre boîtes à jetons en bois laqué.

131 — Râpe à tabac en bois incrusté de nacre et de cuivre. xviii° siècle.

132 — Petit bas-relief en cire : la Cène. Cadre en cuivre et nacre.

133 — Petit tableau en verre églomisé : cartouche orné d'une ruche et d'instruments de musique.

134 — Plaque rectangulaire en mosaïque de Florence : deux bustes de saint et de sainte.

135 — Confiturier couvert en cristal gravé à fleurs et ornements et portant des traces de dorure.

136 — Lot de monnaies de bronze, bougeoir en cuivre, porte-cigarette en cuir et petite gourde en ivoire.

137 — Coupe en cuivre doré, avec parties en argent gravé et découpé placées entre deux verres.

138 — Brûle-parfums chinois en bronze, de forme oblongue, à deux anses garnies d'anneaux, couvert de dragons, et à couvercle composé de dragons et de nuages sur fond découpé à jour. Socle de même matière, décoré de godrons.

SCULPTURES

139 — MARBRE BLANC. Buste de Dante, grandeur nature. Travail moderne italien.

140 — MARBRE BLANC. Vase ovoïde à gorge et à couvercle. Il est décoré de branches de fleurs retenues par des rubans et sculptées en bas-relief. Les anses doubles sont formées de branchages. Travail italien.

141 — MARBRE BLANC. Figurine d'enfant couché endormi, sur socle en marbre portor.

142 — MARBRE BLANC. Statuette de nymphe couchée. Socle en marbre portor.

143 — PORPHYRE ROUGE ORIENTAL. Petit mortier avec couvercle surmonté d'une boule. — Haut., 21 cent.

144 — IVOIRE. Petit bas-relief : Nymphe endormie.

145 — IVOIRE. Deux statuettes de travail chinois : roi et
reine, provenant d'un jeu d'échecs.

146 — BOIS SCULPTÉ ET PEINT. Deux statuettes de saints personnages debout : Sainte Véronique et saint Jean.

PENDULES ET BRONZES D'AMEUBLEMENT

147 — Pendule religieuse du XVIIe siècle en bois noir plaqué
d'écaille. Le cadran en cuivre est supporté par une
figure du Temps, également en cuivre, assis sur un cartouche portant le nom d'*Antoine Godin à Paris*. Socle
du temps en marqueterie de cuivre et écaille.

148 — Pendule Louis XV en bronze doré, de forme contournée, à motifs rocaille; elle est surmontée d'une figure
d'Amour et repose sur un socle à motifs rocaille également.

149 — Pendule Louis XVI, en bronze doré et marbre
blanc. Le mouvement est surmonté d'un trophée d'instruments de musique ; au-dessous du mouvement, deux
harpes et deux figures de femmes surmontées d'une corbeille de fleurs.

150 — Lustre à douze lumières, de style Louis XIV, en
bronze doré : chaque branche porte-lumière naît d'une
tête de femme dont le corps se termine en feuillages;
la tige du lustre de forme balustre est accostée de cariatides d'enfants.

151 — Deux feux de style Louis XV en bronze, à motifs
rocaille et statuettes d'enfants bacchants.

152 — Deux candélabres à six lumières, de style Louis XV,
en bronze doré ; le bouquet de branches porte-lumières
est soutenu par une statuette d'enfant que tient une femme
assise sur une base rocaille.

153 — Deux flambeaux en bronze doré ; la tige est formée
pour l'un, par un satyre assis sur un lion ; pour l'autre,
par une nymphe assise sur un dauphin.

154-155 — Quatre bras-appliques à cinq lumières en bronze
doré, de style Louis XV ; les branches porte-lumières
sont supportées par un amour terminé en gaine.

156 — Deux petits bras Louis XVI, à deux lumières, en
bronze doré.

157 — Deux cornets de cristal sur pieds en bronze, ornés de
figurines argentées.

158 — Deux candélabres Empire, à cinq lumières, en bronze :
statuette de femme debout en bronze noir soutenant le
bouquet de branches porte-lumières.

159 — Deux petits candélabres Empire, à deux lumières, en
bronze : statuette de Renommée debout sur une colon-
nette et soutenant les lumières.

MEUBLES

160 — Cabinet italien du XVIIe siècle, en bois plaqué d'écaille
de l'Inde, avec garnitures de bronze et filets de cuivre ;
il contient un tabernacle et de nombreux tiroirs, et repose
sur une table-support à six pieds-gaines.

161 — Glace en hauteur dans un cadre du xviii⁰ siècle, en bois sculpté et doré, à motifs de feuillages ; la partie supérieure, cintrée, est surmontée d'un trophée d'attributs militaires. — Haut., 1 m. 50 cent.; larg., 93 cent.

162 — Cabinet Louis XIII en ébène gravée.

163 — Fauteuil Louis XV en bois sculpté, à motifs rocaille ; siège et dossier cannés.

164 — Cheminée de style Renaissance, composée d'éléments anciens en bois sculpté, peint et doré. Elle se compose de deux montants ou pilastres, garnis de broderies de soie et d'argent, représentant des figures de saints debout sous des arceaux. Au-dessus, frise décorée de dix bustes de saints personnages circonscrits dans des médaillons circulaires ; sur cette frise repose un coffre qui présente sous des arceaux séparés par des pilastres ioniques quatre figures de saints et de saintes en bas-relief. Dans le haut règne un dais cintré, décoré de rosaces et d'ornements. — Haut., environ 3 m. 50 cent.; larg., 1 m. 80 cent.

165 — Meuble à deux corps dans le style du xvi⁰ siècle, en bois sculpté, orné de figures et rinceaux ; chaque corps ouvre à une porte ; le corps inférieur contient un tiroir.

166 — Meuble à deux corps de style Louis XIII, en bois sculpté, à décor de mascarons ; il ouvre à quatre portes et contient deux tiroirs.

167 — Dressoir de style Henri II, en noyer sculpté ; la partie inférieure ouvre à trois portes dont deux vitrées et une pleine ; décor de rinceaux, cariatides et colonnettes.

168 — Deux socles, l'un en bois, de style chinois ; l'autre carré, en marbre bleu turquin.

ÉTOFFES

169 — Deux sièges de fauteuils en ancienne tapisserie d'Aubusson, à encadrements de fleurs.

170 — Quatre pièces en ancienne soie brodée : deux fragments, miniature dans un encadrement de soie brodée et lamée de métal, et deux bandes reliées par un cordon.

171 — Lot d'étoffes : garniture de fauteuil en soie ponceau à fleurs blanches brochées et deux petits carrés en soie violette décorés de broderies blanches à fleurs et feuillages.

<u>RED. :</u>

16

MIRE ISO N° 1
NF Z 43-007
AFNOR
Cedex 7 - 92080 PARIS-LA-DÉFENSE

graphicom
379.89.70

0 1 2 3 4 5 6 7 8 9 10